이제 곧 죽습니다 5

일러두기

1. 이 작품은 픽션입니다. 등장인물 및 단체명은 실제와 아무런 관련이 없습니다.
2. 만화적 재미를 위해 입말체는 저자 고유의 표현을 그대로 살렸습니다.

Contents

i will die soon

이제곧 죽습니다

chapter_____ 45

바보같이 보낸 세월이 있었기에

그녀가 내 이야기를
들어준 만큼

나도 그녀의 이야기를
듣게 되었다.

그녀의 이름은
정지수.

어릴 땐 그저
책을 좋아하는
아이였고

청소년이 되면서
자연스레 글을 쓰기
시작했다.

그러다 보니
어느새 그녀는

교실에서
가장 글을 잘 쓰기
시작했고

나중엔 학교에서
가장 글을 잘 쓰는 사람이
되어 있었다.

그리고 결국
그녀는 스물다섯 살에

작가로
데뷔하게 되었다.

내가 가장 잘 쓰는
사람이었던 것도

거기까지였죠.

우리나라에서 가장
글을 잘 쓰는 작가가
될 순 없었으니까요.

그래도
처음 장편소설을
책으로 내기 전엔

그런 상상도
했어요.

이 작품이 너무
크게 히트 치면
어떡하지?

나 혹시 J. D. 샐린저나
하퍼 리 같은 작가가
되는 거 아닐까?
라고…

물론 첫 책이
나오자마자
알았어요.

난 그렇게
될 수 없다는 걸.

그래서 바로
다음 작품을 준비했죠.
아주 열심히…

그녀는
장난스럽게 말했지만

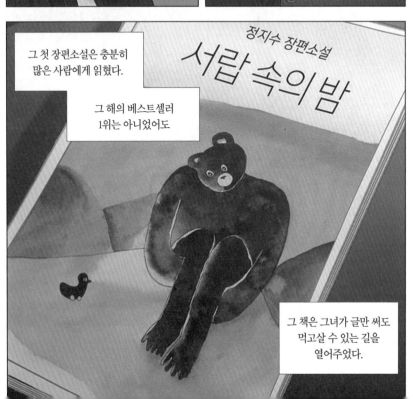

그 첫 장편소설은 충분히
많은 사람에게 읽혔다.

그 해의 베스트셀러
1위는 아니었어도

정지수 장편소설
서랍 속의 밤

그 책은 그녀가 글만 써도
먹고살 수 있는 길을
열어주었다.

그렇게 그녀는
계속 글을 써왔고,

어느새 네 번째
책을 준비하고 있는
그녀의 나이는

이제 서른 살이었다.

…나는 서른한 살에
스스로 죽었지.

해낸 게
아무것도 없어서.

해낼 자신도
없어서…

대단하네요.

저는 이 나이 먹도록 제대로 한 게 하나도 없는데…

저요?

제가 서르…

견우 씨가 몇 살이었죠?

아니, 스물…

여섯이었나?

뭐예요? 누가 자기 나이를 그렇게 말해?

진짜… 가끔 엄청 이상하다니깐.

……

그래, 그건
내가 더 잘 알지.

그러니까 그 세월을
부끄럽거나 후회되는 게
아니라

의미 있는 걸로
만들고 싶으면

지금이라도
뭔가를 시작하면
되지 않을까요?

!

그리고 그렇게
시작한 일이 목표한 곳까지
다다르게 되면

그때
말하는 거죠.

어느새 퇴근
시간이 찾아왔다.

따랑~

그럼…
지수 씨도
잘 들어가요.

수리
맡겼어요.

타고 나오려고 하는데
시동이 안 걸려서.

같이 가요
오늘은 나도
걸어갈 거라서.

네?
오토바이 타고
가는 거 아니었어요?

왜요?
나랑 걷기 싫어서?

아… 아뇨!

저벅

저벅

다 놓고
욕심 부리지 말기로
결심했으면서…

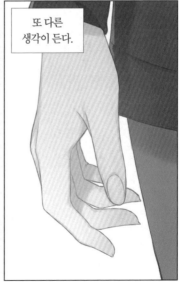

또 다른
생각이 든다.

17

그녀의 손을
잡고 싶다.

아니, 정확히 말하자면
그녀와 손을 잡을 만큼
가까워지고 싶다.

무슨
생각해요?

아뇨,
아무 생각도 안 해요

어…

무슨 생각이요?

당장은 더 가까워질 수 없겠지만.

당장 내 마음을 말할 수는 있는 거니까.

20

우리가 아직
손잡고 걸을 사이는
아닌 것 같은데.

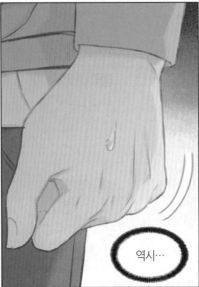

역시…

저벅

그럼…

일단 악수라도
할까요?

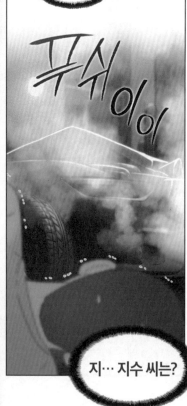

빨리…
신고 좀 해줘…

하…

X팔. X됐네.

나 지금 음주에 무면허인데.

…!?

야… 어떡해…

저 사람들 죽은 거 아니야?

우욱…!

…차라리
죽는 게 낫지.

병원에
기어들어 가서

내 돈 뜯어내려고
개X랄 하는 것보단.

뭐…?

이제곧
죽습니다

chapter_____46

피할 수 있으면 운명일까

온몸의 모든 신경들은
비명을 지르고 있었다.

그 비명에 귀가
먹먹해질 정도로.

그렇게 아득해지는
정신을 억지로 부여잡으며
했던 생각은

하나뿐이었다.

…!?

잠깐…
지금 뭐라고…?

야…
어떡해…

저 사람들
죽은 거 아니야?

우욱…!

…차라리
죽는 게 낫지.

병원에
기어들어가서

내 돈 뜯어내려고
개X랄 하는 것보단.

그럼
누나는 좋아서
입이 째지겠지.

X발.

어떡하냐…
그럼 안 되는데…

안 그래도 요새
집안 분위기도
안 좋은데…

이것까지 터지면
진짜 아버지가
나한텐

아무것도
안 물려준다고
난리칠 거야.

그렇지?

그러니까

네가
한 걸로 하자.

어…엉?

뭐?

네가
운전한 걸로
하자고

이렇게
아버지 눈 밖에 나면
우리 둘 다 손해잖아.

너도 내가
금수저라서
콩고물이라도
떨어지길 바라고
열심히 쫓아다닌 거니까.
안 그래?
아니…
그건…
야, 나도 뭐
우정 이런 개소리
지껄일 생각 없어.
비비적
계산은 확실히
할 거라니까?

그리고 만에 하나
네가 징역을 산다?

넌 그냥
징역이 아니라

연봉 수억짜리
일이라고 생각하면
되는 거야!

그럼 그 기간
다 돈으로 쳐서
보상해줄게.

하…씨…

아무리 그래도
징역은…

그래!

내가 감옥 가봐서
아는데 진짜 X같아!

그놈
말 듣지 마!

그리고 잘돼서
내가 아버지한테
회사 물려받으면

거기다 네 자리
하나 만들어주고

연봉 따박따박
받게 해줄게.

물론 임원급
연봉으로.

...!

이번엔
콩고물이 아니라…

아예
떡 한 덩이를
주겠다는 말이야.

……

그다음엔 그냥
지금처럼 나랑

계속 놀러 다니면
되는 거야. 어?

말 그대로 평생
같이 가는 거지.

친구야.

손 치워봐.

어?

어…

쩌벅

쩌벅

따깍

SAMSUNG

64 PRO
Endurance

친구야!

평생 가자.

그래!
평생 가자!

쓰익

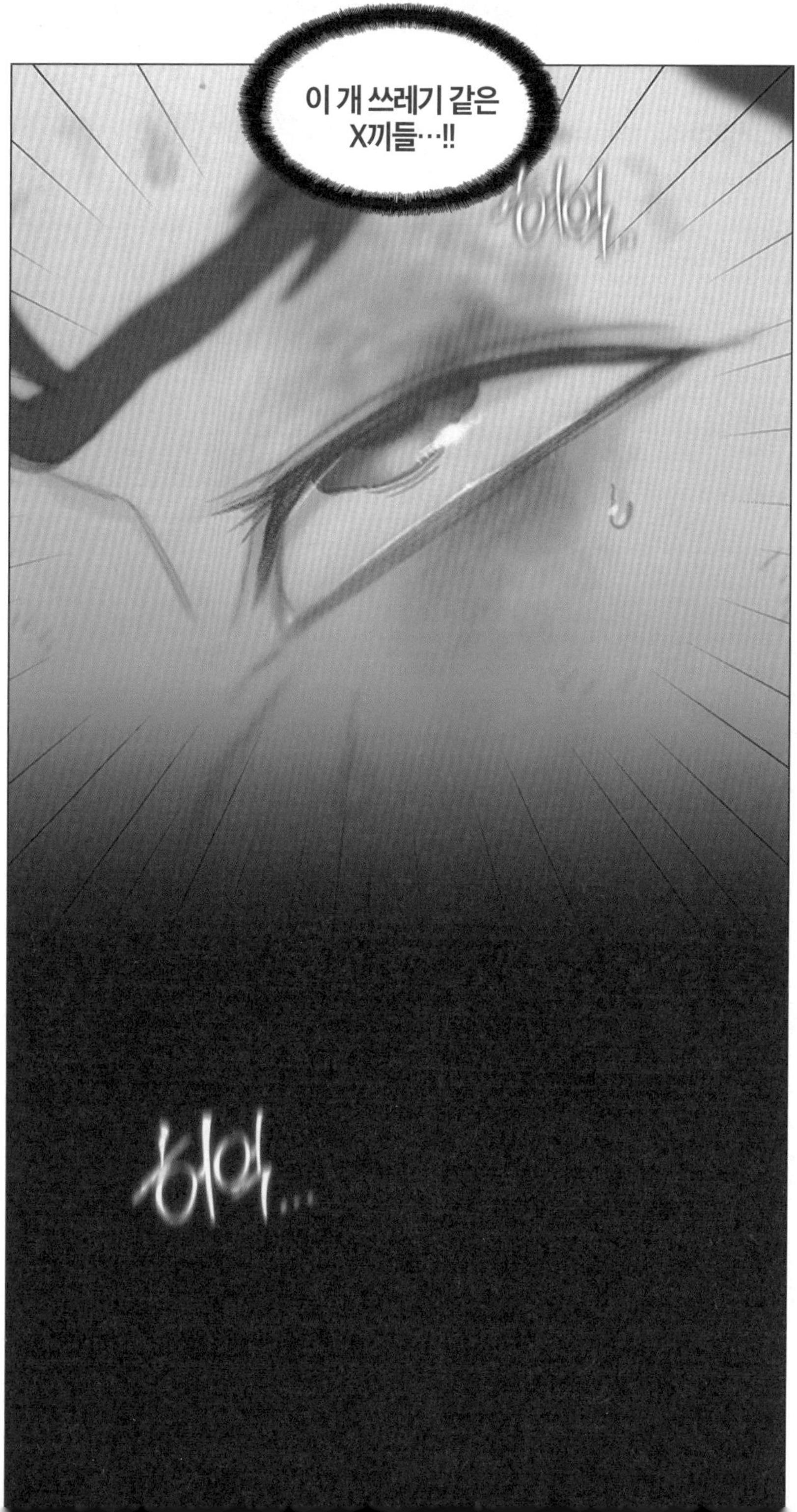
이 개 쓰레기 같은 X끼들…!!

그리고 그렇게
부서진 마음의 안쪽에서

분노가 끓어넘치기
시작했다.

그놈들…

사고 낸 놈들이…

운전자를…

바꿔쳤…

네?
뭐라고요?
환자분?

정신 차리세요!
환자분!

최이재, 죽다.

지수 씨도 원래 그렇게 죽는 거였어?

뭐?

지수 씨도 원래 그 사고로 죽는 거였냐고!

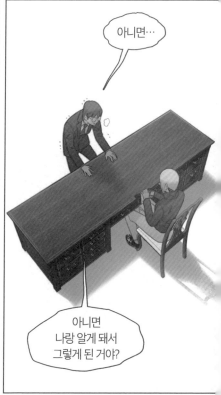

아니면…

아니면 나랑 알게 돼서 그렇게 된 거야?

대체 무슨…

이놈은…

그때 그…
살인마!?

i will die soon

이제곧
죽습니다
chapter_____47

빨리 움직여야 할 이유

분명히…

그때 그놈이야…

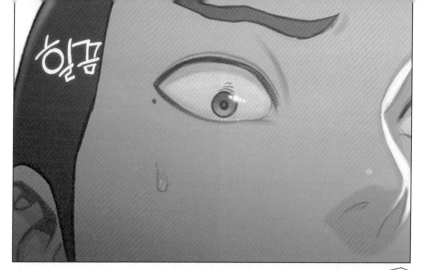

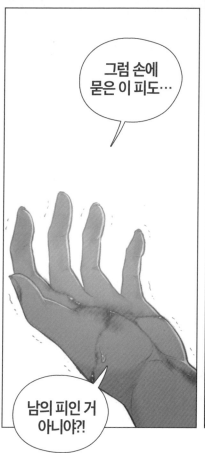

그럼 손에
묻은 이 피도…

남의 피인 거
아니야?!

젠장…!

기분 더럽잖아!

끼릭

오진경 여사 회갑

2012.11.11

살인마도 수건은
이런 걸 쓰는구나.
참 나…

쓱쓱

!

지금 샤워도
안 하는데…

이게 왜
처져 있지?

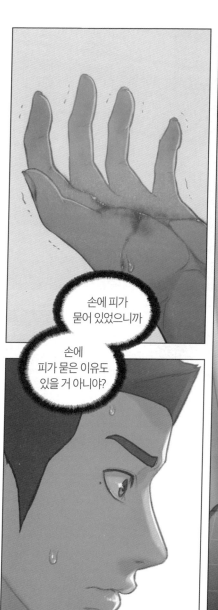

손에 피가
묻어 있었으니까

손에
피가 묻은 이유도
있을 거 아니야?

꿀꺽...

설마 그 이유가
이 안에…?

허어…
없네.

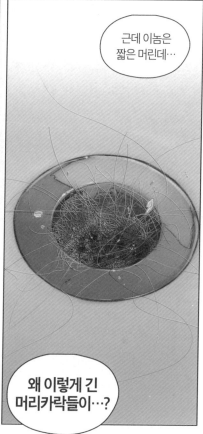

근데 이놈은
짧은 머린데…

왜 이렇게 긴
머리카락들이…?

어…?

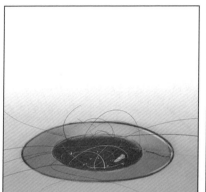

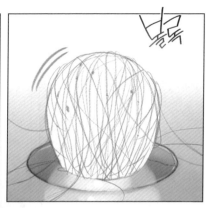

잠깐…

정보 입력할 때
나오는 그거…?

정보 입력을
시작합니다.

이름 정규철.

나이…

…정보 입력이
끝났다.

너무나
끔찍했다.

왜냐면 이번
정보 입력은

정규철이라는
살인마의

살인 일지나
다름없었으니까.

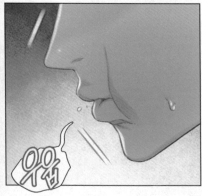

우웁

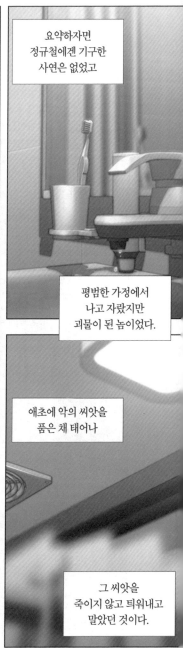

요약하자면
정규철에겐 기구한
사연은 없었고

평범한 가정에서
나고 자랐지만
괴물이 된 놈이었다.

애초에 악의 씨앗을
품은 채 태어나

그 씨앗을
죽이지 않고 틔워내고
말았던 것이다.

그 씨앗의
양분이 되었던 건,

어린 정규철이
휘두른 폭력에 당한
아이들의 눈물.

그리고 그것으로
만족 못 해서

학대하고 죽인
동물들의 피였다.

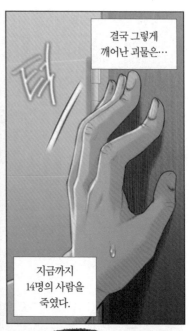

결국 그렇게
깨어난 괴물은…

지금까지
14명의 사람을
죽였다.

그리고 그
14번의 살인을
쭉 이어서 봤으니…

이렇게 속에 있는 걸
다 게워냈지.

으으… 물…
물 없나…?

스윽

멈칫

잠깐… 설마 여기에 뭐가 들어 있는 건 아니겠지?

그 어떤 드라마에서 본 것 같은데.

밀폐 용기에 사람 고기가 들어 있고 막 그런…

꿀꺽

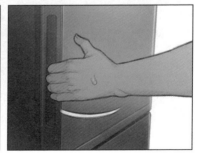

…그럼 손에 피는 대체 왜 묻어 있던 거야?

뭐야 이거?

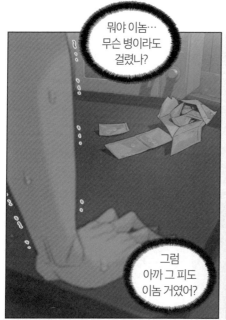

음주 무면허 교통사고

관심사를 반영한 컨텍스트 자동완성 ⑦

동완성 끄기   도움말   신고

교통사고 사망사건

관심사를 반영한 컨텍스트 자동완성

동완성 끄기   도움말   신고

XX동 교통사고

관심사를 반영한 컨텍스트 자동

젠장…
어떻게 기사가
하나도 없어?

빠득

사람이 둘이나
죽었는데!

음주
무면허에 운전자
바꿔치기까지…

경찰에 걸렸다면
무조건 기사에
나왔겠지.

어쩌면, 금수저라던
그놈이 손을 썼을 수도
있을 거야.

어느 쪽이든,
기사가 없다는 건
그놈들의 계획이
들키지 않았다는 거다.

제기랄.
무슨 정보가 있어야
그놈을 찾을 거 아냐.

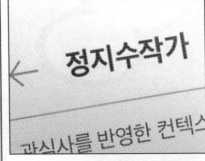

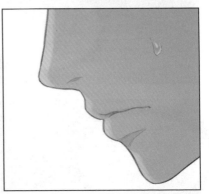

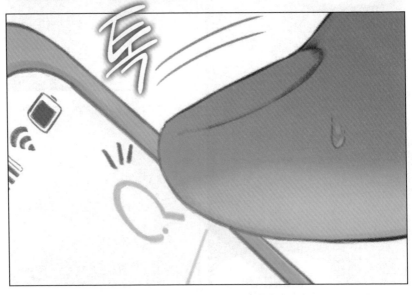

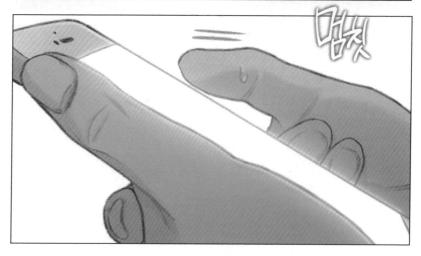

블랙박스엔
그 차가 다녔던 곳이
다 찍혔을 테니까

당연히 그 차
주인이 어디 사는지도
찍혀 있겠지!

그럼 일단
그 메모리 카드를
찾아야겠군.

꾹

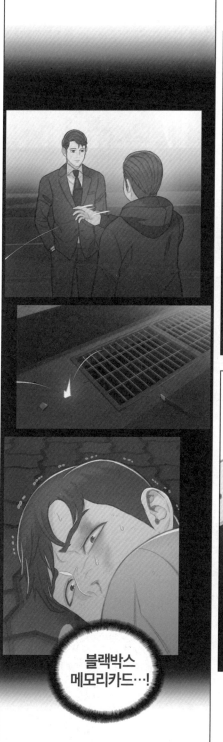

블랙박스
메모리카드…!

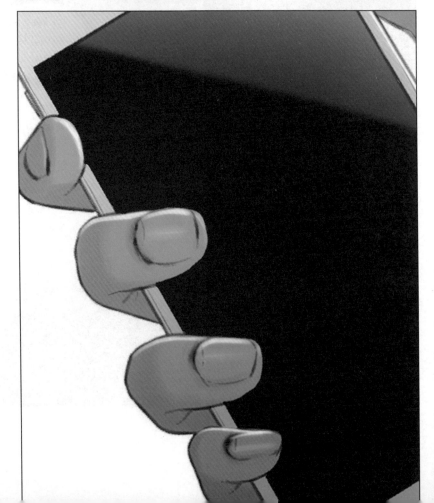

이제곧
죽습니다

chapter_____48

싸이코 VS 싸이코

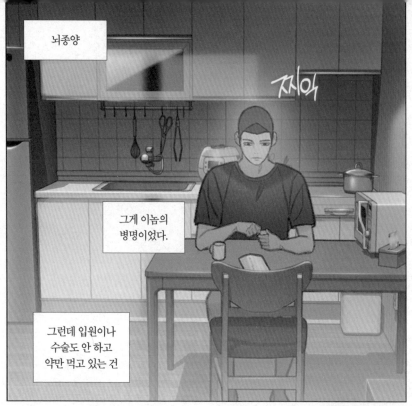

뇌종양

그게 이놈의
병명이었다.

그런데 입원이나
수술도 안 하고
약만 먹고 있는 건

이미
늦었기 때문이다.

…문제는
그 몸에 내가
들어왔다는 거지만.

그래, 이런 병은
이런 놈들이
걸려야지.

집 안에 있던
진단서로 병을
알 수 있었다.

95

그러니
그 전에 그놈을
어떻게든 해야 해.

이 몸일 때
끝내는 게 나아.

그래서 지금 나는
그 메모리카드를 찾으려고
사고 현장을 찾아가고 있다.

죽을병은 걸렸지만,
그래도 몸 자체는
강하니까…

임시 휴업

마음을 추스리고 다시
돌아오겠습니다.

사장도
사고 때문에
충격이 컸나 보네.

근데 자기 가게
알바와 단골손님이긴
해도

이렇게
힘들어 할 정도의
사이였나…?

사이…

나랑 지수 씨는
무슨 사이였지?

고백을
하지도 않았고
사귀는 사이도
아니었다.

누가 별 사이
아니지 않느냐고
한다면

그렇다고
해야겠지.

우린 별 사이는
아니었지만

아무 사이도
아니진 않았다.

왜냐면

난 나 자신에게서조차
떨어져 나와
떠도는 중이었으니까.

내가 죽어도

세상은
별 일없이
굴러간다.

당연한 거지만

굳이
직접 느끼고 싶은
기분은 아니지.

그것도
이렇게 여러 번.

찾았다.

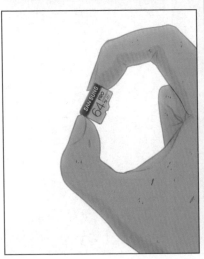

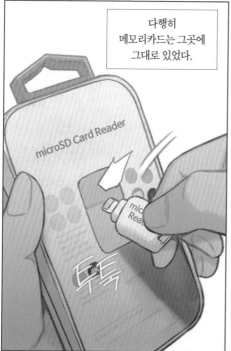

다행히
메모리카드는 그곳에
그대로 있었다.

아마도
내가 오기 전까지
비가 내리지 않았었기
때문이겠지.

차마
사고 당시의 영상을
볼 수 없어 빠르게
뒤로 돌렸다.

그런데

거기엔 또 다른 참기
힘든 영상이 있었다.

진짜
운전하게?

그러다
걸리면 어쩌려고
그래!

너 우리나라에서
돈 많은 놈이
음주운전 했다고
감옥 가는 거 봤어?

하지만
나는 그 기분을
꾹 누르며

놈이 집에서
나온 시간대의
영상까지 확인했고

결국
그놈의 집을
알아냈다.

그냥 막연히
기다려야
하는 건가…

뭐,
그래야지.

죽기 전에
할 것도 없는데.

젠장… 이러다 그놈 만나기도 전에 죽을 것 같네.

하아… 일단 가야겠다.

터벅

터벅

빠아아앙—

또 술 먹고 운전한 거야?

그런 사고를 냈으면서?

이런…

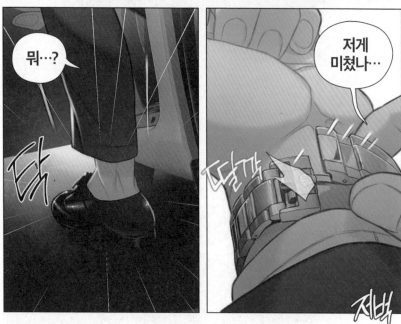

뭐…?

저게
미쳤나…

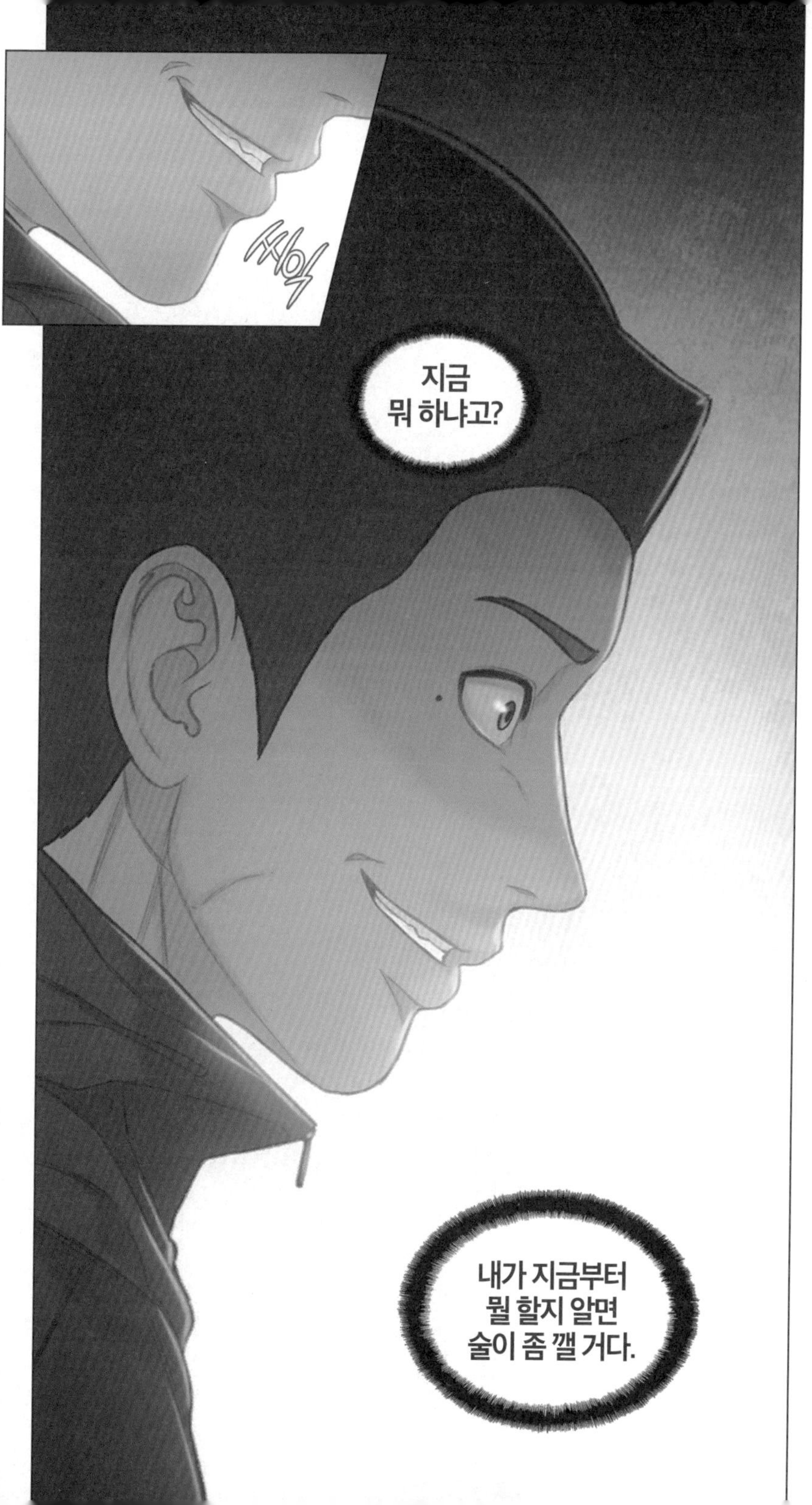
씨익
지금
뭐 하냐고?
내가 지금부터
뭘 할지 알면
술이 좀 깰 거다.

i will die soon

이제곧
죽습니다

chapter_____49

그게 나거든

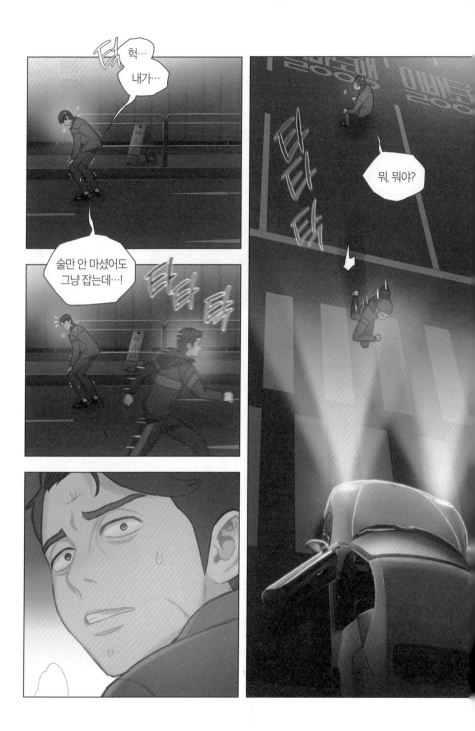

이상하다.

저놈에게
분노를 느끼고 있긴
하지만

내가 왜
아무 거리낌도 없이
이런 무서운 짓을
할 수 있는 걸까?

마치 정장이나
제복 같은 옷을 입으면
스스로 몸가짐이 평소와
달라지는 것처럼…

이런 놈의
몸에 들어왔기 때문에
이런 것을 하는 게
거리낌 없어진 건가?

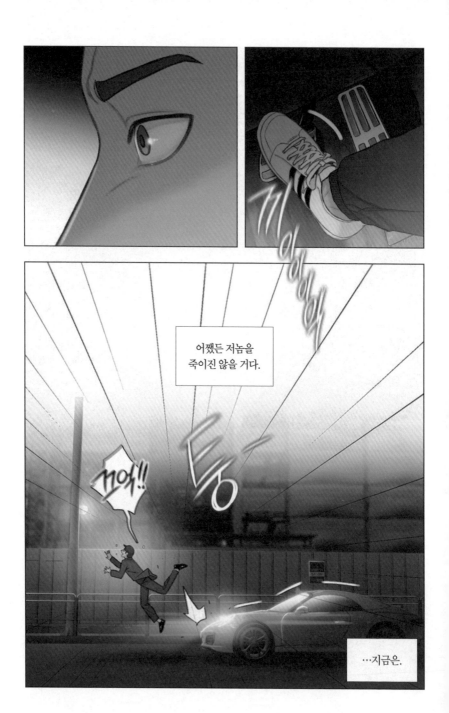

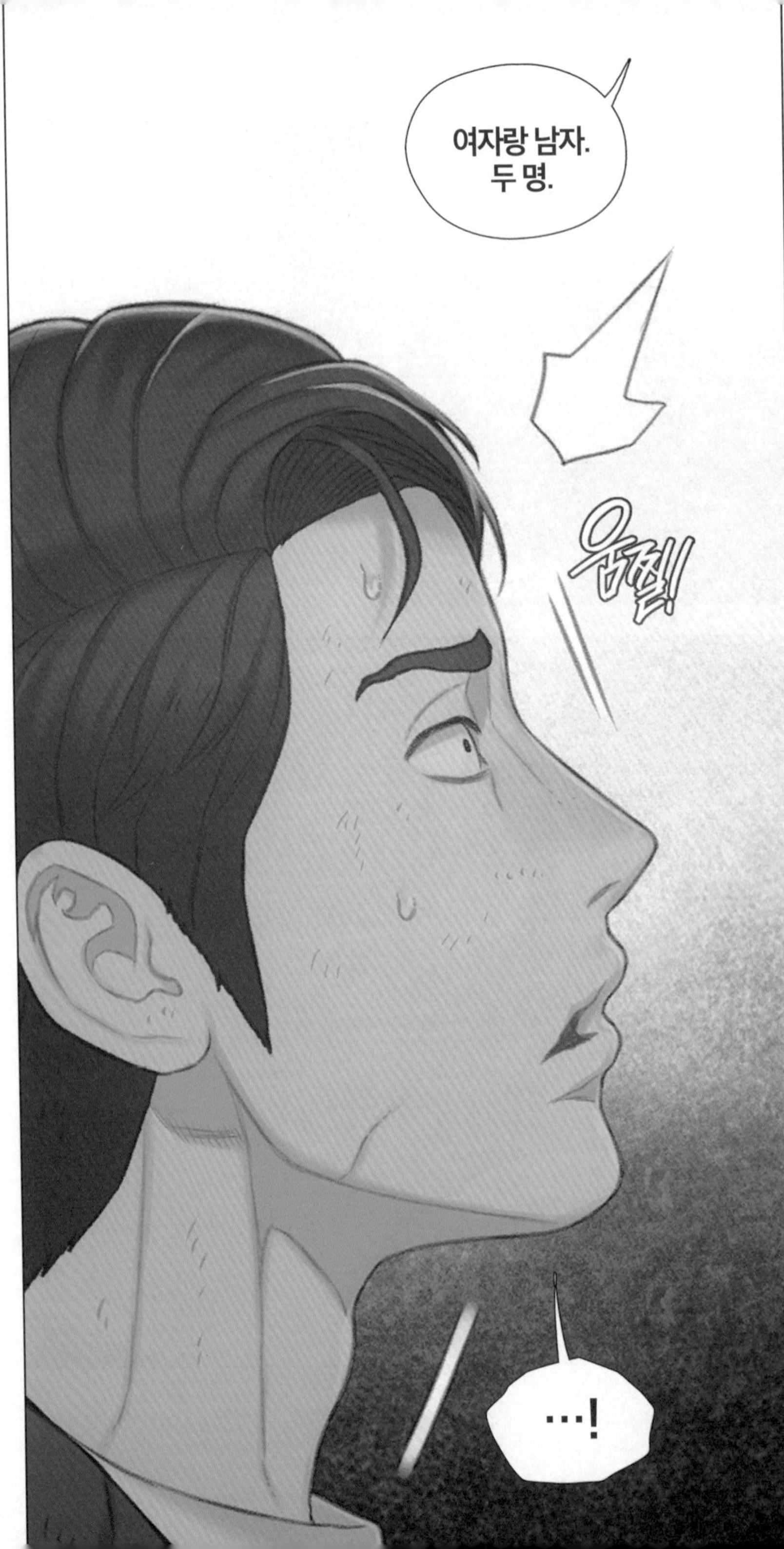
여자랑 남자.
두 명.
움찔!
…!

대답해.

하아…

씨…

그래서?

그래서…?

그래서 내가 사람 쳐서 죽였으면!

그것들이 죽은 게 너랑 무슨 상관인데 이러냐고!

네가 뭔데!!

137

그게
겁나서 그러는 거라면
차라리 기분이라도
풀리겠지만…

이런 놈들은
겁나서 그러는 게
아니다.

그냥 자기가
고통받고 다치는 게
분한 것일 뿐이다.

절대, 그것이
자기가 저지른 일의
대가라는 것을
깨닫지 못한다.

…그것들이
죽은 게 나랑 무슨
상관이냐고?

뭐?

내가 그 죽은 것들 중에 하나라고.

그럼 충분히 상관 있는 거 맞지?

i will die soon

이제 곧 죽습니다

chapter_____50

돈이 필요 없는 놈

깼네?

쯧…
내가 구할 수 있는
재료가 없어서
대충 묶긴 했는데…

그래도 뭐
문 열고 뛰어내릴
생각은 하지 마.

지금 꽤
빠르게 달리고
있으니까.

산…?

이런 씨…

잠깐,
설마 너 그 X끼랑
짠 건 아니지?

무슨 소리야?

너도 알잖아?

지금 나대신
잡혀 들어가
있는 놈.

나랑 그놈 말곤
그 메모리카드에 대해선
아무도 모르는데…

그럼 대체
어떻게 그걸…?

걱정 마.
그딴 X끼랑
짠 거 아니니까.

퉁

에휴, 됐고

그래서
얼마?

너는…
그렇게 다치고

잡혀서
어디로 끌려가는지도
모르는 데다가.

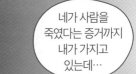

네가 사람을
죽였다는 증거까지
내가 가지고
있는데…

이런 상황에서도
네가 졌다는 생각이
안 들어?

거 참…
흥정 한 번
요란하게 한다.

넌 나 못 죽여.
돈 받아내야
하니까.

돈 말고 다른 걸
선택했다고?

…넌 한 번도
돈 같은 건
필요 없는 사람은
못 만나봤나 봐?

넌 만나봤어?
그런 사람은
세상에 없어!

그건
그저 액수가
부족했을 뿐이야!

널 산속
인적 없는 곳으로
끌고 간 다음

협박을 할
생각이었어.

블랙박스
사고 영상을
보여주면서

이걸
퍼트려버리기 전에
자수하고 죗값을
치르라고.

왜냐면 나도 처음엔
널 죽여도 시원치 않다는
마음이었지만

막상 너를
죽일 생각을 하니까
영 찝찝했거든.

그렇게
사람을 죽이면 나도
결국 너 같은 놈이
되는 거 같아서.

그런데
지금 네 얘기를
들어보니까,

내가 뭔 짓을 해도
절대 너 같은 놈이
될 순 없겠더라고

그러니까…

씨익

이제 널 진짜로
찢어 죽여도 상관이
없을 것 같아.

움찔

뭐야,
이 자식 눈이…

설마 진짜…?

……

저, 저기
잠깐만!

냐아아앙

내 말 좀
들어봐!

169

이제곧
죽습니다

chapter_____51

하늘이 대신 죄를 묻다

후우…

대체 이게
뭔 상황이야?

그나저나
저놈도 엄청
질기네.

차에 치이고

달리는 차로
나무 들이받고

달려오는 차에
또 치였는데도
안 죽다니…

나는 이상하게
불안한 느낌에

차에서 나와
숨어서 상황을
지켜보기로 했다.

…많이
다쳤나?

당연하잖…!!

끄윽…
젠장, 빨리 구급차나
불러줘…!

돈이 많긴
한가보네…

너 막 금수저
그런 거야?

후… 놀래라.

힐끔

그런데
저놈 역시 뭔가
이상하잖아?

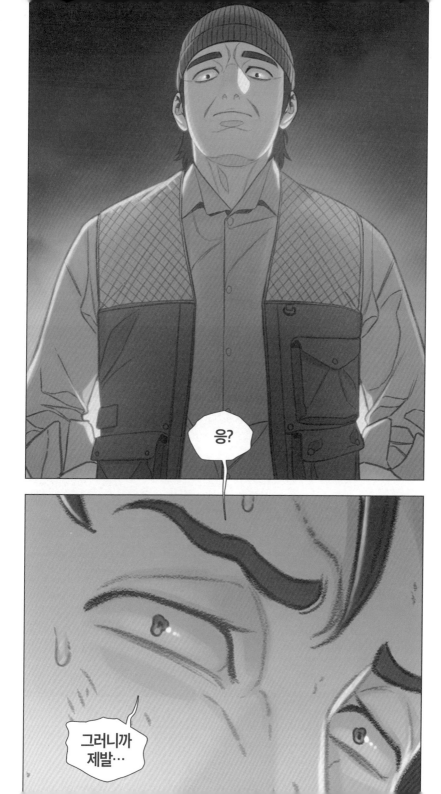

금수저라…

그럼 집안도
빵빵하겠네?

그런 집안에서
자기 자식을 이렇게
다치게 했는데

날 가만
놔두겠어?

돈도 많고
그러니까…

막 엄청
비싼 변호사도
쓸 수 있을 거
아냐?

그치?

생각해보니 너도 막상 치료받고 나면 나한테 열받지 않을까?

그럼 네가 직접 나설 수도 있겠지.

어…?

음…

생각해보니까 역시 엄청 귀찮아질 것 같아.

결국… 저 놈은
나 말고도

…넌
한 번도 돈 같은 건
필요 없는 사람은
못 만나봤나 봐?

넌 만나봤어?
그런 사람은
세상에 없어!

돈이 필요 없는
사람을 또 만나게
되었다.

세상 모든 건
대결이 아니라
거래라고.

그리고
거래에선 결국
돈 있는 놈이 원하는 걸
가지게 되지.

야!

이
씨X놈아!!

돈
준다니까!

야!!

끼아

으아아아아!

왜!!

그래서
결국 놈의
마지막 거래는…

성사되지
못했다.

후우~ 오늘 사냥감은 하나도 못 잡았는데,

재수 없게 이상한 걸 한 마리 잡아버렸네.

…아 맞다.

허… 어떻게 저런 미친놈이 다 있냐.

내가 들어온 이놈은 더 미친놈이었지.

!

잠깐…

왜
문이 양 쪽 다
열려 있지?

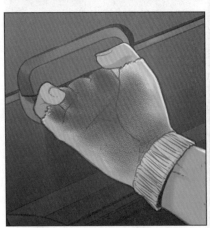

이제곧 죽습니다

chapter_____52

증거를 남기다

차나
확인해야겠다.

하아…

와 씨…
진짜 개쫄았네…

자기가 증거가 필요한 쪽이 될 줄 모르고

부로롱—

갔나…?

뭐 그래도…

사슴이나 멧돼지 사냥했을 때랑 비슷하게 처리하면 되겠지?

중열

몇 시간 뒤.

허어…!

진짜 X나 힘들었네…

일단 눈 좀 붙이고 나서 생각할까?

…아냐. 지금 몸 상태가 안 좋아서 한숨 잤다가 깨면

또 그 망할 책상 앞에 서 있을지도 몰라.

할 일부터 다 끝내야 해.

하아… 세수나 좀 해야겠다.

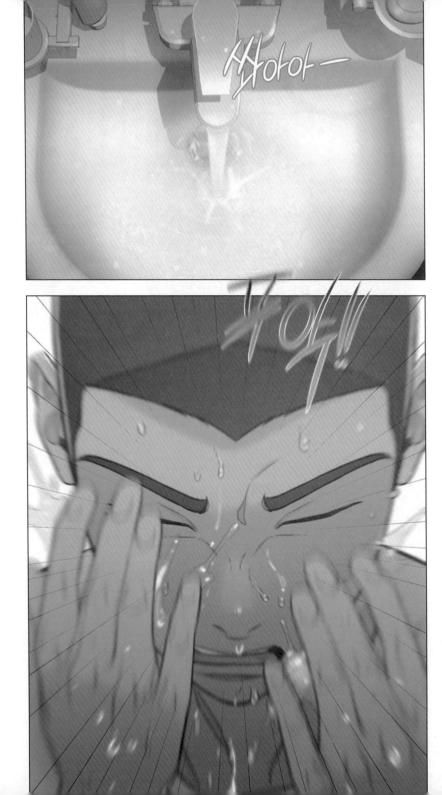

푸하!!

그놈은
죽었지만…

이게
복수를 한 거야
안 한 거야?

놈을 죽인 건
그 사냥꾼이었잖아.

아니, 그런 데
갈 일이 없던 놈을
내가 데려갔으니

결국 나 때문에
죽은 건가?

지수 씨를 다시
만날 수 있는 것도
아니잖아.

…그리고
어차피 지금
다시 만난다고 해도

내가 누군지도
모르겠지.

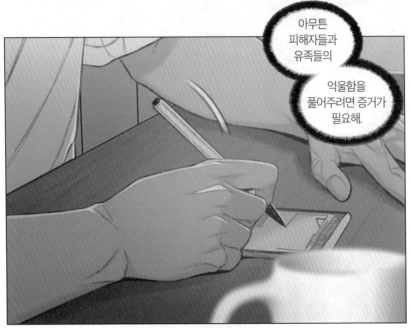

아무튼 피해자들과 유족들의

억울함을 풀어주려면 증거가 필요해.

이 집 안에 놈이 살인을 했다는 증거가 있기는 했다.

놈이 트로피처럼 모아놓은

놈이 범행에 사용하던 도구들도 있었고

피해자들의 물건도 있었다.

하지만
피해자들을 위해선
그것만으로는
증거가 부족하다.

이놈의 범행에 대한
더 상세한 증거가
필요하다.

정확히 누구를
언제 죽였는지,

특히,
아직 발견되지 못한
피해자들의 사체를

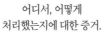

어디서, 어떻게
처리했는지에 대한 증거.

그리고 그
증거들은 그때…

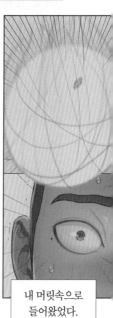

내 머릿속으로
들어왔었다.

나는 그때 나에게 입력된 정보를 다시 하나씩 떠올려서

놈의 범행일지를 작성하기로 했다.

경찰에 자수해서 진술을 할까 생각도 했지만

그러지 않기로 했다.

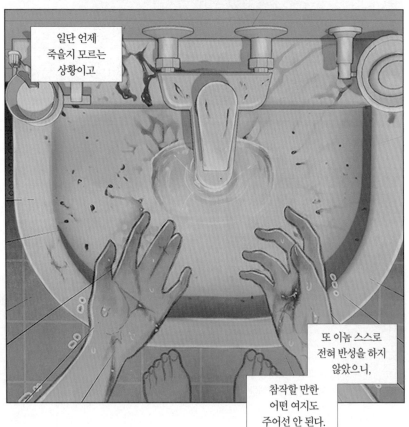

일단 언제 죽을지 모르는 상황이고

또 이놈 스스로 전혀 반성을 하지 않았으니,

참작할 만한 어떤 여지도 주어선 안 된다.

그래서
자수가 아니라

죽고 나서라도
발각되어야 한다고
생각했다.

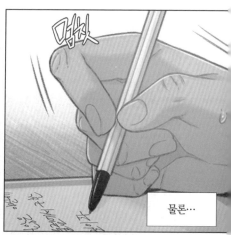

멈칫

물론…

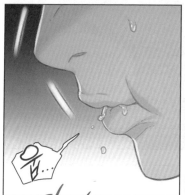

읍…

타닥

후에엑

너무나
역겹고 고통스러운
일이었지만.

해야 돼.
꼭…

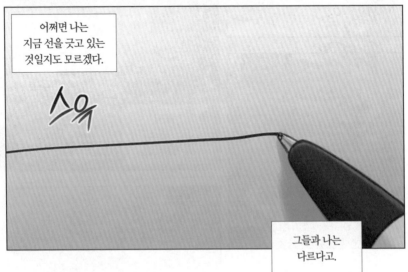

아니면…

그런 놈들한테
익숙해지고 있는
내가 두려워서일지도.

다 썼다…

어…

비틀

비틀

이거…

비틀

죽겠구나.

이제 곧…

226

최이재, 죽다.

역시 이놈의
망할 책상
앞이구나.

…근데

그 망할 자식은
어디 갔지?

잠깐…

거기서 뭐하냐?

어억?!
그게…

어?

그냥,
좀 궁금해서.

뭐가,
내 책상이?

아니…

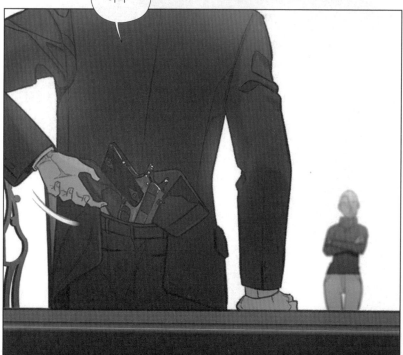

!!

빠득…

너도
이걸 맞으면…

곧 죽을 사람
몸에 들어가게
되는 건가?

이제 곧
죽습니다

chapter_____53

짭새

꿀꺽

불은 불에
타지 않는다.

자, 그럼
이제 이 문장도
완성시켜 봐.

물은 물에
젖지 않는다.

너무 뻔하고
당연해서 우스운
문장들 아니야?

죽음은

…죽지 않는다?

이런 젠장…!

역시
안 먹힌다는 건가?

…

달그락

퉷

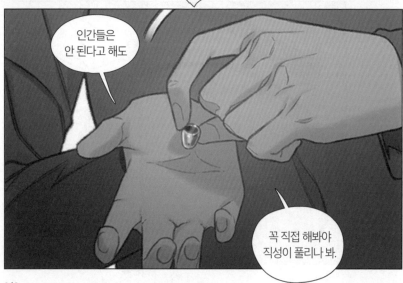

인간들은
안 된다고 해도

꼭 직접 해봐야
직성이 풀리나 봐.

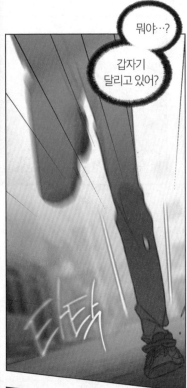

와…
이건…

어릴 때 하던
경찰과 도둑하곤
차원이 다르잖아?

헉

아 X팔
개 끈질기네

버럭!!

짭새X끼가!

짭새?
그럼 내가 경찰이고
이놈이 범인인가?

뭔가 어떻게
죽을지 감이
좀 오는데…

그냥 꺼져라.

안 그럼 진짜
죽여버릴 거니까!

…감이
확실하게 오네.
어떻게 죽을지.

저기,
대화로 합시다.
대화로.

응?

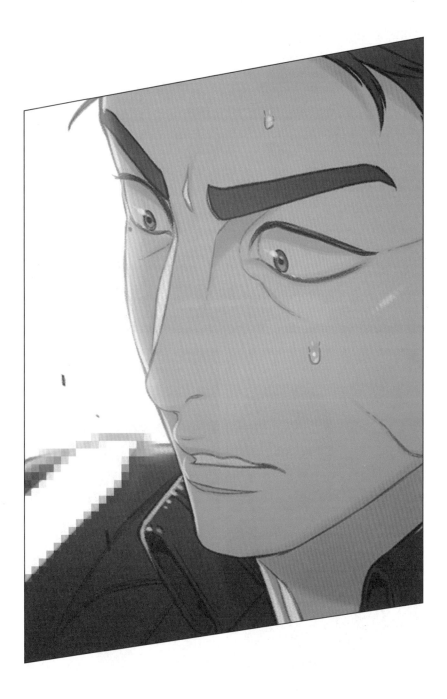

타악-

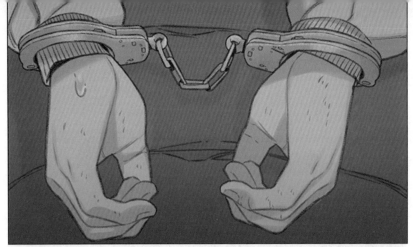

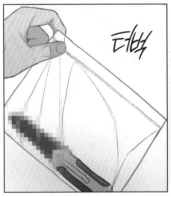

선배님.

다친 데
없으십니까?

어?
으응…

내가
선배구나.

그럼
이 사람도
형사겠지?

같이
다니는 걸 보니
파트너… 뭐
그런 건가?

뭐야.

이번 몸
주인이 평소에
어쨌길래…?

빼꼼

어?

그래, 어차피
궁금하던 차에
잘됐네.

…정보 입력을
시작합니다.

이제곧
죽습니다

chapter_____54

행동이 쌓여 인생을 만든다

…정보 입력을
시작합니다.

이름 안지형.
나이 42세.

얼마예요?

6000원이요~

…

장남이 아니라는 이유로
모든 걸 희생하길 강요받은
그의 아버지와

아들이 아니라는 이유로
모든 걸 포기하길 강요받은
그의 어머니는

가족에게서 도망쳐
올라온 도시에서

서로를 만나게 되었다.

한 눈에 서로에게 반한
그들은 함께 가족을
만들기로 결심했다.

부부가 서로를
사랑하고

부모는
자식을 아끼고

자식은 부모를
존경할 수 있는

그런 '진짜'
가족을.

어머니는 그렇게
걱정을 하면서도
아들인 지형에겐

그렇지~

아버지가
얼마나 멋지고 훌륭한
사람인지에 대해
늘 얘기해줬다.

자연스럽게
지형의 꿈은

아버지처럼
되는 것이었다.

아들이 처음으로
아버지 같은
경찰이 되겠다고
했을 때.

부모님들은
뿌듯함을 느꼈다.

진짜 가족을
만들기로 했던
결심이

모두가 행복했다.

완벽히
이루어진 것
같았기 때문에.

지형이
열다섯 살이 되던 해에
아버지가 돌아가시기
전까지는.

아버지는
흉악범들을 체포하던
도중 순직했다.

범인은 모두 검거되었고,
아버지는 1계급 특진했지만

어머니는
모든 것이 무너졌다고
생각했다.

그런 건
아무 소용이 없었다.

그리고 자신도
무너져갔다.

안지형.
당시 나이 열다섯

지형은
그런 어머니의
유일한 버팀목이었다.

그리고
그때부터

어머니는 아들이
경찰이 되고 싶다고
애기하는 걸 싫어하기
시작하셨다.

하지만
지형은 아버지가
돌아가시고 나서

경찰이 되고 싶다는
마음이 더더욱
커져만 갔다.

안지형.
당시 나이 27세

아버지 같은
경찰이 되고 싶다.

그리고 아버지를
죽게 한 놈들같이

그런 마음으로
계속 노력한 그는

세상의 나쁜 놈들을
내 손으로 잡고 싶다.

엄마!

지형은 자신이
경찰일을 제대로 해내는
모습을 보여드리면

어머니의
마음이 바뀔 거라고
생각했다.

하지만 어머니는
아들이 남편과 똑같이
죽을지도 모른다는
생각으로

엄마~
나 왔…

점점 마음에
병이 들어갔다.

......

인생의 꿈이었던
경찰을 도저히
그만둘 수 없었던
지형은

결국
어머니를 위해
맹세했다.

무슨 일이 생겨도
내 몸을 제일 먼저
생각하겠다고.

그래서
어머니를 마지막까지
지키겠노라고

아버지와는
다르게.

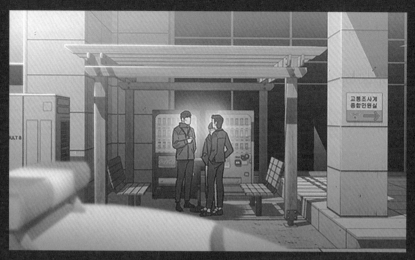

저번에 그 현장에서도 봤지?

저 자식, 꼭 중요한 순간엔 몸을 사려.

쯧, 저런 놈이랑 출동했을 땐 그냥 한 명 없다고 생각해야지.

지형이
어머니에게 한
맹세를 지킬수록

그는 동료들에게
무시받는 한심한
형사가 되어갔다.

하지만 1년 전

지형은 그 사실이
슬프고 괴로웠지만

쿵...

어머니를 위해선
어쩔 수 없었다.

어머니도
돌아가시고
말았다.

마음의 병이
몸으로 옮겨 붙은 듯
큰 병에 걸려버렸고

끝내 이겨내지
못하셨다.

괴로운 맘을 참으며
어머니를 위해
노력했지만

결국 지형은
혼자가 되었고

그에게 남은 건

겁쟁이에
보신주의자라는
동료들의 냉랭한
시선뿐이었다.

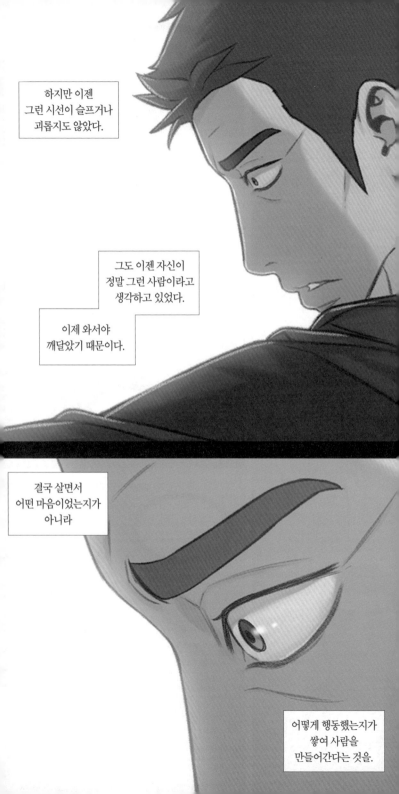

하지만 이젠
그런 시선이 슬프거나
괴롭지도 않았다.

그도 이젠 자신이
정말 그런 사람이라고
생각하고 있었다.

이제 와서야
깨달았기 때문이다.

결국 살면서
어떤 마음이었는지가
아니라

어떻게 행동했는지가
쌓여 사람을
만들어간다는 것을.

…정보 입력을 마칩니다.

허…
이번 몸은 꽤나
불쌍한 인간이네.

내가 할 생각인가
싶기도 하지만.

아무튼 그래서
저 후배라는 놈이

날 그렇게
무시했구나.
쯧…

이봐!

혹시 요새
뭐…

큰 사건
없었나?

예…?

갑자기
그게 뭔…

없었어요.
그런 거.

아직 경찰한테
발견되지 않았나
보군.

어쩌지…

뭐야,
없었다고?

며칠 지나지
않아서인가?

i will die soon

이제곧
죽습니다

chapter_____55

더 이상 생존은
목표가 아니다

죽음한테
한 짓 때문에

당연히 엄청
끔찍한 상황인 몸으로
들어가게 될 줄 알았는데

막상 보니
그렇진 않은 것 같다.

꽤 불쌍한
사람이긴 하지만…

아냐,
그래도 형사니까

얼마든지
안 좋은 상황에
휘말릴 가능성이
있지.

어차피 더 이상
생존이 목표가 아니니까
상관없다.

지난번 몸에서
그렇게 열심히
움직였던 건

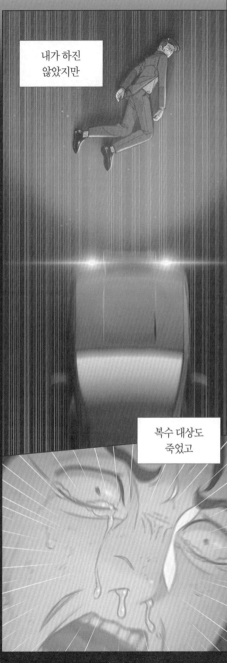

내가 하진
않았지만

복수 대상도
죽었고

오로지 복수를
위해서였을 뿐이다.

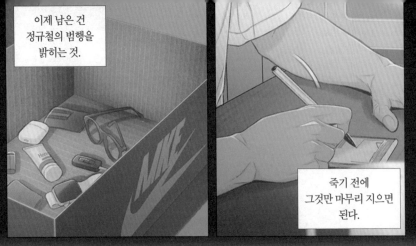

아주 여유가
넘치네?

움찔

!?

평소엔
하지도 않던
독서까지
하시고?

죄, 죄송합니다.

누구지…?

딱 봐도
높은 사람 같긴
한데…

팀장님
또 위에서 한 소리
들으셨습니까?

팀장?
역시…

그래.
그놈의 수사
실적 타령···

듣다 보면 관내에서
무슨 끔찍한 사건이
터지길 바라는 것
같다니까.

언론이
시끌시끌해질
그런 거 말이야.

뭐야?
수업 시간이야?

뭐 발표하게?

있습니다.
그런 거.

…라는 내용의
소설을 지금
읽고 있던 건가?

뭔 소리야…

지금
가서 범인
찾아오겠습니다.

가자.

예??

갑자기 어딜
가요?

저놈의
이름은 우지훈.

나이는 35살로
내가 들어온 몸의 원래
주인인 안지형보다

나이도 어리고
후배인데도 태도가
싸가지가 없다.

정보 입력 때
봤던 그런 이유
때문이겠지.

아무도 없나 본데요.

비켜봐.

어?

그거 비번을 어떻게 아셨어요?

엉?

아 그게…

감이지. 형사의 감.

그건 됐고, 일단 들어가자!

형사의 감…?

대체 무슨 감이 와야 현관 비밀번호를 때려 맞추지?

그건 형사가 아니라 거의 무당 아니야?

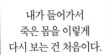

내가 들어가서
죽은 몸을 이렇게
다시 보는 건 처음이다.

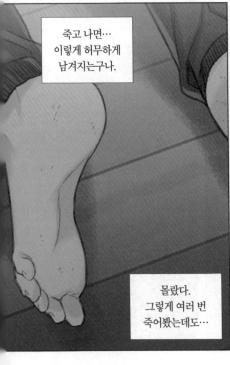

죽고 나면…
이렇게 허무하게
남겨지는구나.

몰랐다.
그렇게 여러 번
죽어봤는데도…

상태를 보니
죽은 지 얼마 안 된 것
같은데요.

별 다른 외상도
없어 보이고…

메모리카드도
그대로네.

내가 폰
충전하려고 빼놓고
여기에 흘렸었나?

어엉?

그럼 이 사람도
선배가 말한 그 사건의
피해자인 겁니까?

선배.

영얼

아니

저벅

저벅

그놈이
범인이야.

x

312

네, 팀장님.
현장 나왔는데요.

시신을
발견했습니다.

네,
지형 선배 말이
진짜였어요.

지원
부탁드립니다.
그리고 감식반도…

뭐 어쨌든
이 일은 대충
정리된 것 같고…

뒤적

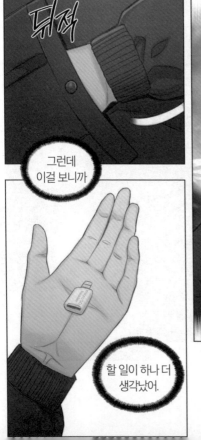

그런데
이걸 보니까

할 일이 하나 더
생각났어.

그놈을…

만나야겠다.

이제 곧 죽습니다 5

초판 1쇄 발행 2024년 2월 5일

글 | 이원식
그림 | 꿀찬

펴낸이 | 김윤정
펴낸곳 | 글의온도
출판등록 | 2021년 1월 26일(제2021-000050호)
주소 | 서울시 종로구 삼봉로 81, 442호
전화 | 02-739-8950
팩스 | 02-739-8951
메일 | ondopubl@naver.com
인스타그램 | @ondopubl

Copyright ⓒ 2019. 이원식·꿀찬
Based on NAVER WEBTOON "이제 곧 죽습니다"
ISBN 979-11-92005-41-6   (04810)
     979-11-92005-36-2 세트 (04810)